ارشی

(ناولٹ)

زینت ساجدہ

© Taemeer Publications LLC
Arshi (Novelette)
by: Zeenat Sajida
Edition: March '2024
Publisher :
Taemeer Publications LLC (Michigan, USA / Hyderabad, India)

ISBN 978-93-5872-919-1
9 789358 729191

مصنف یاناشر کی پیشگی اجازت کے بغیر اس کتاب کا کوئی بھی حصہ کسی بھی شکل میں بشمول ویب سائٹ پر اَپ لوڈنگ کے لیے استعمال نہ کیا جائے۔ نیز اس کتاب پر کسی بھی قسم کے تنازع کو نمٹانے کا اختیار صرف حیدرآباد (تلنگانہ) کی عدلیہ کو ہو گا۔

© تعمیر پبلی کیشنز

کتاب	:	**ارشی (ناولٹ)**
مصنف	:	**زینت ساجدہ**
پروف ریڈنگ / تدوین	:	اعجاز عبید
صنف	:	ناولٹ
ناشر	:	تعمیر پبلی کیشنز (حیدرآباد، انڈیا)
سالِ اشاعت	:	۲۰۲۴ء
صفحات	:	۳۶
سرورق ڈیزائن	:	تعمیر ویب ڈیزائن

"ارشی، میری جان ایک بات سنو ہماری"۔

"سناؤ ہماری شادی کی بات ہو گی، کیوں؟ ہاتھ لاؤ۔ دیکھو تو ہم ان کہی بات کیسے جان لیتے ہیں"۔

تمہیں تو ہر وقت شادی کی پڑی رہتی ہے۔ ہم کہہ رہے تھے آج شام ہمارے کالج میں پارٹی ہے۔ تم ہمیں چھوڑ آؤ گے نا"۔

"چل چل، بڑی آئی کالج والی۔ کہیں سے تیرے سسرے کے نوکر ہیں ہم؟ جو تجھے گھر سے کالج، کالج سے گھر پہنچایا کریں۔ ہشت۔ جا جا اپنا کام کر"۔

"خدا کی قسم بڑے بد تمیز ہو۔ جاؤ جو میں اب سے تمہارا کوئی کام کروں۔ بات کرنے کا سلیقہ تک نہیں۔ بی اماں سے شکایت ضرور کروں گی۔ آج شام تم سریتا کے گھر جا رہے ہو۔ تم آوارہ ہو گئے ہو، تم سگریٹ پینے لگے ہو۔ تم نے گذشتہ مہینے جو قرض لیا تھا مجھ سے، وہ ابھی تک نہیں لوٹایا، تم پاجی ہو اور۔۔۔۔۔"۔

"۔۔۔۔۔اور اور یہ کہ میں آج شام حسنیٰ کے ہاں جا رہا ہوں۔ کل تاش کھیلنے میں اس نے میرا ہاتھ دبا دیا تھا۔ چائے پیتے وقت مجھے دیکھ دیکھ کر آنکھیں چمکائی تھیں۔ اور کل شام کے اندھیرے اجالے میں جب میں وہاں سے لوٹ رہا تھا تو میرے بائیں ہاتھ پر لپ اسٹک کی لالی چپک گئی تھی اور میرے کوٹ کے کالر میں ریشمی بال اٹک گئے تھے۔ اور اور ۔۔۔۔۔۔"۔

تمہارا سر۔ خود ہی شرارت کرتے ہو اور الزام لگاتے ہو حسنیٰ کے سر۔ سریتا کے سر۔ ٹھیر جاؤ، میں بابا سے کہہ دوں گی کہ ارشی سچ مچ بگڑ رہے ہیں"۔

"اور میں کہہ دوں گا چاچا سے کہ بٹیا کی جھٹ پٹ شادی کر دیجیے"

۔"الو ہو تم تو۔ تم خود ہی کر لو شادی۔ ہمیشہ لڑکیوں کی باتیں کرتے رہتے ہو۔ میں تو ابھی اور پڑھوں گی"۔

اور میں نے خواہ مخواہ زوولوجی کے نوٹس اٹھا لیے اور بغیر پڑھے دھندلائی سطریں یونہی دیکھنے لگی۔ میں کالج کیسے جاؤں گی؟ آج انو کا ناچ بھی ہے۔ چھم چھم چھما چھم۔ کیسی بجلی جیسی پھرتی ہے اس کے جسم میں۔ دیکھنے والوں کا دل بھی ناچ اٹھتا ہے۔ میرا تو جی چاہتا ہے، اس کوندتی بجلی کو اپنے دل میں چھپا لوں اور آنکھیں کیسے بناتی ہے وہ، اور کمر میں لچک کس غضب کی ہے۔ اے کاش وہ ہمیشہ یونہی ناچتی رہے۔ میں ہمیشہ یونہی اسے دیکھتی رہوں۔ اللہ اگر عرشی اس سے شادی کر لیں تو کیا اچھا رہے۔ یہ بھی تو سچ مچ کے کرشن سانورے ہیں ۔۔۔ مگر پاگل ہیں ارشی۔ یوں لڑکیوں کی باتیں کریں گے۔ شادی کے ارمان بھرے ذکر کریں گے۔ مگر جب کہو ارشی تم شادی کر لو تو انجان بن جائیں گے۔ کتنی اچھی اچھی لڑکیاں ہاتھ سے نکل گئیں۔ وہ شمسہ کتنی پیاری تھی۔ ہنستی تو معلوم ہوتا چنبیلی کی نازک نازک کلیاں ایک ساتھ چٹک گئیں۔ اس کی آواز میں کتنی مٹھاس تھی۔ کتنا کہا ارشی کر لو شادی شمسہ سے۔ مگر عقل ماری گئی تھی۔ بے چاری شادی کے دن کیسے پھوٹ پھوٹ کر روئی تھی۔ اس کے بعد جیسے اسکی آنکھوں کی بجلیاں ماند پڑ گئیں۔ اور چنبیلی کے سارے پھول مرجھا گئے۔ مگر اللہ میں آج کالج کیسے جاؤں۔ وہاں تو جانا ضروری ہے۔ میں نے کلثوم سے بھی وعدہ کیا تھا کہ آج ضرور آؤں گی۔ اس نے میرے لیے جھینگر پکڑ لانے کا وعدہ کیا تھا۔ کل ڈسکشن ہے اور میں نے ابھی تک کوئی خاص

پریکٹس نہیں کی اور بھئی یہ کیچوے تو بہت ستاتے ہیں۔ اووری تو کسی طرح نہیں نکلتی مجھ سے۔ خدا معلوم دیکھتے دیکھتے کہاں غائب ہو جاتی ہے۔ کلثوم سچ کہتی تھی" کہ بھئی ان مینڈکوں مچھلیوں کے ڈسکشن میں کیا رکھا ہے۔ شعر وادب کا کوئی موضوع چنا ہوتا تو نے۔ روز روز مزے سے بیٹھے جذبات کا ڈسکشن کیا کرتی"۔ مگر یہ کلثوم، یہ ارشی، بی اماں، بابا، امی اور میں۔ بس اگر ہم اتنے ہی ایک جگہ کبھی رہ سکیں تو کتنا اچھا ہو، میں تو بھولے سے بھی جنت کو یاد نہ کروں۔ مگر بھئی آج ارشی نہیں لے جائیں گے تو میں کیا کروں؟ کاش آج کہیں سے جواد بھائی آ جاتے۔ کتنے اچھے ہیں وہ۔ مگر معلوم نہیں کیوں میرا دل نہیں چاہتا کہ ان کے ساتھ کہیں جاؤں۔ مگر آج ارشی کو ضرور دھمکی دوں گی کہ تمہارے اکیلے بجائے اب میں جواد کو بھائی بنالوں گی اپنا۔ مگر ان کی اور بہنیں بھی تو ہیں۔ وہ ارشی کی طرح اکیلے کب ہیں۔ میں اکیلی، ارشی اکیلے، اور پھر بی اماں نے دودھ پلا کر ہم دونوں کو ایک کر دیا ہے۔ بڑی چچی جان نے کیوں دودھ نہیں پلایا اپنا۔ کیا مزے سے یہ دودھ کا رشتہ ہمیں بھائی بہن بنا دیتا ہے۔ مگر یہ ارشی تو بڑے بد تمیز ہیں۔

میں نے چاہا کہ پڑھے جاؤں۔ مگر ایک لفظ بھی تو نہیں پڑھا گیا۔ ایک لفظ بھی نہیں پڑھا تھا میں نے۔ بے ساختہ میری نگاہیں ارشی کی طرف دوڑ گئیں۔ وہ میری ہی طرف دیکھ رہے تھے۔

'اوہو۔ دیکھیں تو ہماری بٹیا کیا پڑھ رہی ہے۔ ایک صفحہ اتنا مشکل ہے کہ بار بار پڑھے جا رہی ہو"۔

میں شرمندہ ہو گئی۔ اس سے قبل کہ میں دیکھوں صفحہ پر کیا لکھا ہے، ارشی نے کاپی گھسیٹ لی۔ اچھا۔ اب میں بھی نہ کہہ دوں چچی اماں سے کہ کنواری بچیاں یہ کچھ پڑھتی ہیں۔ باپ رے باپ قیامت قریب آ گئی۔ بھئی فکر کرنا ہو گا اب تو اس کی، ورنہ ہاتھ سے

نکلی"۔

ارشی نے سر پکڑ کر کچھ ایسے کہا کہ مجھے ہنسی آگئی۔ اور وہ میرے گلے میں ہاتھ ڈال کر بولے۔" آگئی نا ہنسی میری منی کو، اٹھ چل۔ کیا یاد کرو گی ہمیں بھی۔ شام پہنچا دیں گے۔ مگر بھئی تو ہمارا کام وام کچھ نہیں کرتی۔ ذرا ہماری سرمئی شیروانی میں بٹن لگا دے"۔ میں نے سوچا چلو ارشی راضی تو ہوئے لے جانے پر۔ خیریت اسی میں ہے کہ جھٹ پٹ کام کر دو ان کا۔ اور میں نے بڑے سلیقے سے بٹن لگا دیئے۔ کتنا پیارا ہے بھائی میرا۔ اور وہ جو اد عجیب مغرور ہیں بھئی۔ اور اتنے خوبصورت بھی تو نہیں جتنے ارشی ہیں۔ انہیں دیکھو تو کیسی بے چینی ہوتی ہے۔ ارشی کو دیکھو تو پیار آتا ہے۔ چودھویں کے چاند جیسی ٹھنڈک ہے ان میں۔

بٹن لگا کر شیروانی دی تو ارشاد ہوا" ہم شیو کریں گے منا۔ ذرا پانی تو گرم کر لا"۔

وقت پڑنے پر گدھے کو بھی باپ بنانا پڑتا ہے۔ ابھی تو بہت وقت پڑا تھا جانے میں۔ اس لیے میں نے سوچا کیا ہرج ہے جو پانی گرم کر دوں۔ پانی رکھ کر جو جانے لگی تو فرمایا" ادھر دیکھو حمام میں آئینہ رکھا ہے۔ وہ لا کر ہمارے سامنے پکڑ کر کھڑی رہ۔ ہم یہیں پلنگ ہی پر شیو کریں گے۔ اب اٹھ کر کون آئینہ تک جائے۔

پھر حکم صادر ہوا حمام میں صابن رکھ۔ الماری سے تولیہ نکال لا"۔ واہ واہ کتنی پیاری بچی ہے میری، جو کہو جھٹ پٹ کر دیتی ہے۔ سونا ہے میری بٹیا، موتی ہے میری بھنو"۔

وہ حمام میں گا گا کر نہاتے رہے۔ میں اپنے دوپٹے کے بل کھولتی رہی۔ خیال تھا کہ اب جان چھوٹی۔ ذرا اطمینان سے تیار ہو سکوں گی۔ مگر یہ سب قسمت میں کہاں۔ حمام سے نکلے تو کہنے لگے" بھئی منو زمانہ ہو گیا تو نے ہمارے بالوں میں کنگھی نہیں کی"۔

ان کے بالوں میں کنگھی کرنا مجھے بہت پسند ہے۔ نرم نرم ریشم جیسے بال ہیں۔ گھنٹوں

کنگھی کیے جاؤ مگر جی نہ اکتائے گا۔ گھنے ایسے کہ مانگ ہلکی کرن جیسی نکلتی ہے۔ لیکن اس وقت میرا جی چاہا ان کے بالوں کو اور الجھا دوں۔ کام کے بعد کام بتاتے جائیں گے۔ میں بے دلی سے کنگھی کرنے لگی۔ لیکن جلد ہی ان کے اندھیرے حسن نے مجھے کھینچ لیا اپنی طرف۔ ان گھنے بالوں میں منھ چھپا کر سو جاؤ تو کیسی میٹھی نیند آئے گی۔ مجھے اب تک یاد ہیں وہ دن جب ارشی کے گھنے بالوں میں منھ چھپا کر میں دن کے وقت بھی سو جایا کرتی تھی۔ بھینی بھینی خوشبو، نرم نرم سیاہ بال۔ دن کے وقت بھی نیند میں مجھے وہ لطف آتا جو آج کل برسات کی بھیگی اندھیری راتوں میں نرم نرم تکیے پر سو کر بھی نہیں آتا۔

بالوں میں جب کنگھی ہو چکی تو دو ہلکے ہلکے خم پڑ گئے۔ کیا ان خموں میں اپنی انگلیاں کوئی نہیں پھنسائے گا۔ حنائی انگلیاں کیا ان ریشمی گچھوں سے کھیلنے کے لیے بنیں ہی نہیں؟ کنگھی ختم ہو گئی تو ارشی نے یکایک کہا" توبہ توبہ میں اپنے جوتوں میں پالش لگوانا بھول ہی گیا۔ یہ تو نہ ہو گا کہ منو ہمارے سارے کام کر دے۔ اور جوتوں کو یونہی رہنے دے۔ کیسی اچھی ہے میری جان، ہے نا"۔؟

جی چاہا اپنا منھ نوچ لوں۔ لیکن پھر خیال آیا جہاں اتنا کام کر دیا ہے۔ یہ بھی کر دو۔ دل پر جبر کر کے میں نے جوتوں کو چمکایا۔ اور اب تو یقین ہو گیا ارشی ساتھ ضرور لے جائیں گے۔ وقت ختم ہو رہا تھا۔ مگر ارشی کے احکامات ختم ہی نہ ہو چکتے۔ مسلسل وہ بکتے جا رہے تھے۔ بھئی پیچھے سے دیکھو شیروانی کیسی لگ رہی ہے۔ وہ جوتا اٹھا لاؤ۔ ڈوریاں اچھی طرح باندھو۔ وہ خوشبو کی شیشی لاؤ۔ ادھر چھڑکو۔ میری ٹوپی کو برش کر دیا نا تم نے۔ میرا سگریٹ کیس کہاں ہے؟ ارے بھئی وہ میری ایک گذشتہ محبوب کا تحفہ ہے۔۔۔ سمجھا تم نے"۔

ہائے اللہ پارٹی کا وقت نکل نہ جائے اور میں نے دوڑ کر گھڑی دیکھی۔ دس پندرہ

منٹ ہی رہ گئے تھے۔ مجھے پارٹی کا زیادہ افسوس نہ تھا لیکن انو کا ناچ کہیں ختم نہ ہو جائے۔ وہ بہت نخرے کرتی ہے۔ بہت زیادہ منتوں کے بعد تو راضی ہوئی ہے۔ میں نے بالوں میں جلدی جلدی کنگھی کی۔ جلدی میں ایک لٹ بھی کھسوٹ لی میں نے۔ خدا جانے بالوں کو باندھنے کا فیتہ کدھر رکھ گیا۔ ارے ابھی تو یہیں تھا۔۔۔۔

ارشی نے کمرے میں جھانک کر دیکھا۔ "ادھر بڑے ٹھاٹ ہیں بھائی"

"اللہ ارشی تم نہ باندھ دو میری چوٹی۔"

"ارے واہ تیرے بال چپٹ جائیں گے شیر وانی سے اور یار دوست قہقہے لگائیں گے۔ فقرے کسیں گے۔ دن کے وقت کس کی زلفیں تیری باہوں پر پریشان ہوئی تھیں۔ اچھا سنو جلدی کرو وقت ہو گیا۔ بہت سنوارتی ہیں بھئی یہ لڑکیاں۔ گڑیوں کی طرح بس سجنا ہی ایک مقصد رہ گیا ہے۔ چلو چلو ارے منی باتھ روم تو دیکھ لے ذرا صاف ہے کہ نہیں۔ ہم جائیں گے"۔

اس آخری بات پر تو میری جان جل گئی، میں دوپٹے میں خوشبو بساتے ہوئے بولی"۔ ارشی میں کہتی ہوں بی اماں سے۔ اتنے سارے کام کئے تو سر کار بڑھنے ہی لگے۔ بی اماں"! میں نے جو نہی آواز دی ارشی کھٹ پٹ سلام کر کے سیڑھیوں پر سے پھلا نگتے ہوئے بھاگ گئے۔ میں نے سوچا مذاق کر رہے ہیں۔ جائیں گے کہاں۔ مگر گھور گھر نیچے سے آواز آئی" حضور چل دیئے" میں نے دوڑ کر کھڑکی میں سے جھانکا۔ ارشی نے ہاتھ ہلا کر منہ چڑا دیا اور یہ جا وہ جا۔

اس وقت اتنا غصہ آیا کہ میرا جی چاہا چنے ہوئے دوپٹے سے گلے میں پھانسی لگا لوں۔۔۔۔۔ دوڑ دوڑ کر اتنا کام اور صلہ یہ ملا کہ چھوڑ کر چل دیئے۔ بے اختیار میں رو پڑی۔ یا اللہ یا اللہ میاں تو ارشی کو ایسی بیوی دے، ایسی بیوی دے، ایسی۔۔۔۔۔"

میں بددُعا ختم بھی نہ کر پائی تھی کہ ثریا آگئی۔ مجھے خیال ہی نہ تھا یہ ارشی کے پڑوس ہی میں رہتی ہے۔ ورنہ کاہے کو اتنی خوشامد کرتی ان کی۔ میں ثریا کے ساتھ کالج چلی گئی۔ وہاں اتنی دل چسپیاں تھیں کہ خفگی کا خیال ہی نہ رہا۔ ارادہ تو یہی تھا کہ اب کبھی بھی ارشی سے بات نہ کروں گی۔ مر بھی جاؤں تب بھی نہیں، بی اماں سے کہہ دوں گی۔ آج چلیے میرے ساتھ۔۔۔۔۔۔۔۔ امی، بابا میں اور آپ ساتھ رہیں گے۔ ارشی کو یہیں چھوڑ دیجیئے۔ خواہ اکیلے گھر میں باولے بن کر رہیں خواہ ہاسٹل چلے جائیں۔ ہمیں کیا۔۔۔۔ کالج نے غصہ ٹھنڈا کر دیا۔ بات نہ کروں گی۔ کٹی لے لوں گی۔ اس لیے میں نے بغیر ان کے کمرے کی طرف دیکھے اپنے کمرے کی راہ لی۔ صبح امی کے پاس چلی جاؤں گی اور نہیں تو کیا۔۔۔۔ آج ثریا نہ آتی تو۔۔۔۔

ارے وہاں تو میرے سفید بستر پر ارشی جوتوں سمیت لیٹے ہوئے تھے۔ کمرے میں سگریٹ کی بو سے دم گھٹا جا رہا تھا۔ مجھے دیکھتے ہی انہوں نے گھسیٹ لیا۔ ناراض ہو گئی منی۔ میری اپنی منی روٹھ گئی۔ جانے دے بھئی، اب جانے ہی دے۔ دیکھ تو ہم کیا لائے ہیں تیرے لیے۔ یہ چاکولیٹ، یہ بالوں کے فیتے، یہ سینٹ کی شیشی اور۔۔۔۔"

"مجھے کچھ نہیں چاہیے"

"اچھا!" اور میری آنکھوں پر نرم نرم سیاہ بال ریشمی لچھوں کی طرح چھا گئے۔ میری پیشانی پر جیسے کسی نے کنول کا تاج سجا دیا ہو۔

ایک دن کالج سے لوٹی تو دیکھا ارشی بیٹھے ہیں۔ ادھر پورا ایک ہفتہ وہ میرے ہاں نہیں آئے تھے۔ میرا بھی ان کے ہاں جانا نہ ہو سکا۔ پڑھائی سے لاکھ جان چھڑاؤں لیکن ہوم ورک اتنا ہوتا کہ تھکن کے مارے کہیں آنے جانے کو جی نہ چاہے۔ ارشی نے مجھے دیکھا تو وہیں سے آواز دی۔ "آؤ بی بی آو" دیکھو تو کون آیا ہے۔ سنا تم نے یہ جواد آئے

ہیں۔ میں پکڑ لایا ہوں انہیں۔ یہ ایک ٹینس کے پارٹنر کی تلاش میں ہیں۔ یہاں آ وتو۔۔۔۔"

سچ مچ ادھر تخت پر جواد بھائی بیٹھے تھے۔ کتنے زمانے بعد آئے تھے یہ۔ مجھے جھجک محسوس ہوئی۔ ارشی خواہ مخواہ بے تکلفی کریں گے اور ان کے سامنے شرم آئے گی۔ اس لیے چاہا کہ سنی ان سنی کر کے گزر جاؤں۔ لیکن جواد بھائی نے خود ہی آواز دی "آؤ بی بی یہاں آونا۔۔۔۔"

مجبوراً جانا پڑا۔ آداب بھائی۔ اچھے تو ہیں آپ۔ میں نے اخلاقاً کہا۔

بہت دنوں بعد دیکھا تھا۔ تعلیم چھوڑے بھی انہیں دو سال ہو گئے۔ اس لیے شاید کچھ موٹے بھی ہو گئے تھے۔ شرارت کی جگہ اب سنجیدگی نے لے لی تھی۔ سگریٹ پینے اور دھوئیں کے بادل اڑانے کا انداز بھی خوب آ گیا تھا۔ مگر ان کی نگاہوں کا غرور کچھ زیادہ بڑھ گیا تھا۔ نہ جانے ان کی نگاہوں میں بات کیا تھی، مجھے ایسے لگا کہ یکایک سورج تپ گیا۔ ان کا بانکپن، ان کی باتیں اور ان کی بے باک فطرت مجھے پسند ہے۔ لیکن یہ ان کی نگاہوں کا غرور ہمیشہ مجھے ڈرا دیتا۔ بے شک مجھے بزدل مرد پسند نہیں۔ جرات اور بے باکی اپنی جگہ اچھی صفات ہیں لیکن ان کی مغرور نگاہیں مجھے کچھ چھوٹا کچھ نیچا کر دیتیں۔ میں اپنی نظروں میں پست نظر آنے لگتی۔

ارشی چودھویں کے چاند کی طرح روشن تھے۔ انھیں دیکھ کر جی خوش ہو جاتا۔ کچھ ٹھنڈک سی رگوں میں دوڑتی۔ ان سے بے تکلف ہو جانے کو جی چاہتا، ان کا دوست بن جانے میں کوئی قباحت نظر نہ آتی۔ اور باوجود پھکڑپن کے وہ کبھی ایسے لگے کہ میں جھجک جاتی۔ زوالوجی کے ہر غلط مسئلے پر آپ بحث کرتے۔ لیکن میں نے کچھ بھی محسوس نہیں کیا۔ مگر جواد بھائی کی مغرور آنکھیں۔۔۔۔ اس دفعہ یا تو ان میں زیادہ بیداری آ گئی تھی یا

پھر میں انھیں زیادہ سمجھ رہی تھی۔ میں نے بے چین ہو کر ارشی کی طرف دیکھا۔

سنا تم نے کچھ۔۔۔۔۔ جواد کو ٹینس پارٹنر کی ضرورت ہے۔ بے چارا حیران ہو رہا ہے تم دلاؤنا"

"میں کہاں سے دلاؤں بازار میں بکتے ہوں تو تم خود ہی نہ خرید لو اور میں کہتی ہوں ارشی تم خود بن جاؤنا پارٹنر ان کے" میں نے بات کرنے کی غرض سے کہا۔

جواد بھائی ہنس پڑے، ارشی کو بھی ہنسی آگئی۔

"ارشی پارٹنر بن سکتے تو کبھی کے بن جاتے، مگر بی بی مجھے تو ایک لڑکی ساتھی کی ضرورت ہے۔

ساتھن کہنا زیادہ آسان ہے" ارشی نے خواہ مخواہ دخل دیا۔

"میں کہہ رہا تھا بی بی اگر تمھارے ساتھ کی لڑکیوں میں سے کوئی راضی ہو جائے تو مجھے بتا دینا۔ یوں تو کئی ایک لڑکیاں مل سکتی ہیں۔ لیکن میں ذرا اچھی لڑکی چاہتا ہوں۔ شایستہ اور مہذب۔ ہمارے کلب میں صرف نصرت ہی ایسی ہے کہ اسے میں لے سکتا تھا مگر عسکری نے مجھ سے پہلے ہی طے کر لیا"

"اچھا میں دیکھوں گی"

ضرور بھئی، اور سن جواد تجھے لڑکی مل جائے تو میرا کمیشن مت بھولنا، اور بی بی کو اجرت بھی ضرور دینا"۔

تمھیں کمیشن تو نہ دوں گا۔ ہاں بی بی کہے تو میں اسے ضرور وہ سب کچھ دوں گا جو وہ مانگے۔ کہے تو میں زوالوجی اور کیمسٹری کے نوٹس لا دوں شفاعت سے لے کر"۔

"نہیں بھئی نوٹس تو وہ آپ ہی شفاعت، شرافت سے اچھے لکھ لیتی ہے۔ وہ کہتی ہے ارشی میرے لیے ایک دولہا ڈھونڈ دو۔ کیا کہوں یار مصیبت میں ہے جان میری۔ اب

بھئی یہ تو میرے بس کا روگ نہیں کہ گلی گلی چکر لگاؤں اور آواز لگاتا پھروں کہ ہے بھئی کوئی مائی کا لال جو ایک نٹ کھٹ، جھٹ خفا، پھوہڑ، لڑاکا مگر پیاری لڑکی سے شادی کرے"۔

اللہ کتنے بد تمیز ہو ارشی تم، شرم نہیں آتی تمہیں ایسا کہتے ہوئے۔ میں نے کب کہا تھا تم سے۔ تم خود نہ کر لو اپنی شادی یوں گلی گلی گھوم کے"۔ اور میرا جی چاہا کہ ارشی کے تندرست بازو میں اپنے نکیلے دانت گڑو دوں۔ مگر پھر جواد بھائی کو دیکھا تو صرف ان کا ہاتھ موڑ کر رہ گئی۔ اتنے میں امی آ گئیں۔ راشی نے شکایت کی۔ " دیکھیے چچی جان کیسی بد تمیز ہے یہ۔ جواد کا رشتہ ان کی دوست صغرا سے ہو رہا ہے۔ جواد کے کہنے سے میں نے اس لڑکی کے اخلاق و عادات پوچھے تھے تو اس نے میرا ہاتھ مروڑ دیا۔ کہتی ہے تمہیں شرم نہیں آتی، بے چارے جواد بھی دل میں کیا کہتے ہوں گے"۔

امی نے مجھے ڈانٹا" بتاتی کیوں نہیں؟ ارشی لڑکی ہے کیا جو اسے شرم آئے گی۔ اور اس کی بد تمیزی کا کیا کہوں، ایک ان کے بابا اور ایک تم ہو ارشی اسے جی بھر کر بگاڑنے والے اور ہاں یہ صغرا کون ہے؟ میں نے تو کبھی نہیں دیکھا۔ کیوں منی تیرے ہی ساتھ پڑھتی ہے یہ"۔

جواد ہنس پڑے۔ یہاں میرے فرشتوں کو بھی خبر نہیں کہ یہ صغرا ہے کون بلا۔ ارشی خود ہی بولے۔ نہیں آپ نے نہیں دیکھا ہو گا۔ وہ ان کے ساتھ نہیں ہے۔ سکنڈ ایر میں پڑھتی ہے۔ ابھی تو یہ پہچانتی ہے اسے

جھوٹ بولے رام، گدھے برابر آم۔ میں کبھی بھولے سے بھی جھوٹ بولوں تو میری حالت ہی چغلی کھانے لگے۔ لیکن ارشی اس فن میں ماہر ہیں، بڑے ٹھنڈے دل سے جھوٹ بولیں گے اور پوری تفصیلات سے کام لیں گے۔

امی کہنے لگیں "ضرور کرلو بھائی شادی۔ خیر سے اب روزگار کے بھی ہو گئے۔ یہی تو دن ہیں شادی کے۔ ورنہ کب کرو گے۔ بھابی سے ملنا بھی نہیں ہوا۔ ورنہ ضرور پوچھتی ان سے کہ دیر کیوں ہو رہی ہے۔ یہ ہیں ایک ہمارے بابو ارشی، بوڑھے ہو کر شاید شادی کریں گے"۔

"اور نہیں تو کیا۔ جبھی تو پیر دبوانے کی ضرورت پڑتی ہے"۔

مجھے ہنسی آ گئی۔ اور پھر میں وہاں سے چلی آئی۔ اپنے کمرے میں آ کر کچھ اپنا کام کرنے لگی۔ امی سے باتیں کر کے جاتے جاتے جواد بھائی میرے کمرے میں بھی آ گئے۔ ارشی وہیں امی سے گپ لڑا رہے ہوں گے۔ میں بے چین ہو گئی۔ بات کروں تو کیا کروں۔ وہ خود ہی پوچھنے لگے۔ "بی بی بھولنا مت۔ ٹینس کے لیے کوئی دلا دو۔ پھر ہم بہت سارے چاکولیٹ کھلائیں گے تمہیں۔ تم کبھی آتی نہیں ہمارے گھر۔ تم آؤ تو ہم اپنی کتابیں دکھائیں۔۔۔۔۔ اور ہاں بھئی برا نہ ماننا۔ ارشی تو یونہی کہتے ہیں"۔

معلوم نہیں کیوں مجھے شرارت سوجھی میں نے کہا "اچھا آپ کے لیے صغرا ڈھونڈ دوں گی۔ مگر شادی میرے امتحان کے بعد رکھئے گا بھائی تاکہ میں اطمینان سے شریک ہو سکوں۔

جواد بھائی ہنس پڑے۔ پھر کہنے لگے "اچھی بات ہے۔ تم جو کہو"۔ اور جاتے جاتے سگریٹ کا سارا دھواں میری طرف چھوڑ گئے۔ اور اس سے قبل کہ میں ناراضی کا اظہار کروں ان کی آنکھوں میں ایک شرارہ چمکا۔ پھر وہ مجھے بنانے کے انداز میں بولے "کہو تو میں بھی ارشی کی طرح گلیوں میں گھوم گھوم کر آواز لگاؤں۔۔۔۔۔ مگر تم نٹ کھٹ تو نہیں ہو"۔۔

میں نے کوئی جواب نہیں دیا اور وہ باہر چلے گئے۔ بہت دیر تک میرے کانوں میں

یہی الفاظ گونجتے رہے۔ "مگر تم نٹ کھٹ تو نہیں ہو" معلوم نہیں کیوں لفظ نٹ کھٹ کے ساتھ کرشن اور رادھا میرے تخیل میں کوند جاتے۔ مگر یہاں یہ لفظ۔۔۔۔ بار بار میرے ذہن سے پردہ سا سرکتا مگر پھر تاریکی چھا جاتی۔ میں کچھ بھی نہ سمجھ سکی۔ اور جب ارشی خدا حافظ کہنے کو آئے تو میں ایک لفظ بھی نہ کہہ سکی۔ ارشی نے سمجھا میں خفا ہوں۔ پیار سے بولے "خفا ہو گئی ہو بٹو۔ اوں ہوں اچھی بی بی غصہ نہیں کرتی" بڑی معصومیت سے اپنا کان کھینچ لیا اور پھر اپنے "بٹن ہول" میں لگا ہوا سرخ گلاب مجھے رشوت میں دے کر بھاگ گئے۔

دوسرے دن چھٹی تھی۔ میرا جی چاہا ارشی آجائیں تو کسی پکچر کو چل دیں۔ دیکھے ہوئے ادھر بہت دن ہو گئے تھے۔ ارشی آ گئے تو میں نے کہا چلو ارشی کچھ شاپنگ کرنی ہے۔ ایک آدھ اچھی سی پکچر بھی دیکھ ڈالیں آج۔ ارشی کہنے لگے۔ بھئی یہ بے جان فلمیں تو ہمیشہ ہی دیکھتے ہیں۔ آج تو کہے تو میں ایک جاندار فلم دکھا لاؤں تجھے۔ چل اسی بات پر میرے ساتھ چل۔ آج میں تجھے بہت سی باتیں سمجھا دوں گا"۔

"جنت میں! میں مفت کا اجازت نامہ لے آیا ہوں"۔ وہ ہنسے۔

میں بھی چلنے کو تیار ہو گئی۔ آدھے راستہ میں بتایا" حسنیٰ کے یہاں لے جائیں گے تجھے" اللہ ارشی سچ مچ تم بڑے اچھے ہو"۔ حسنیٰ نے گھر پر ایک چھوٹا موٹا کلب بنا رکھا تھا۔ جس کے صدر ارشی تھے۔ اس میں خاندان کے سارے کھلاڑی لڑکے اور لڑکیاں آیا کرتے۔ حسنیٰ معتمد تھی۔ ان دو سال کے عرصہ میں بارہا میں نے کہا تھا۔ مگر ارشی ٹال جاتے۔ آج وہ خود ہی لے جا رہے تھے۔ حسنیٰ کے یہاں پہنچے تو میری آنکھیں کھل گئیں۔ زندگی گھر سے کالج اور کالج سے گھر تک محدود نہیں ہے۔ اس کے علاوہ بھی اور بہت کچھ ہے۔ دلچسپیاں تو یہاں بہت تھیں۔ لیکن میں اپنے آپ کو کچھ اجنبی، کچھ گنوار محسوس

کرتی رہی۔ مشرق و مغرب کا بعد تھا مجھ میں اور ان لوگوں میں۔ رنگے ہوئے ہونٹ، بنی ہوئی پلکیں، مصنوعی لہجہ اور کٹھ پتلیوں جیسی چال۔ یہاں میں نے ارشی کو بھی نئے روپ میں دیکھا۔ وہ راجہ اندر تھے اکھاڑے کے۔ یہاں بھی وہ بے تکلف مذاق کر رہے تھے۔ لیکن اس میں وہ معصومیت وہ خلوص نہ تھا جو مجھ سے باتیں کرتے وقت محسوس ہوتا۔ مجھ سے وہ غلیظ سے غلیظ باتیں بھی کر جاتے۔ تب بھی کچھ برائی نظر نہ آتی۔ اور یہاں وہ کسی کی طرف دیکھ بھی لیتے تو مجھے محسوس ہوتا کہ گناہ کر رہے ہیں۔

بار بار حسنیٰ کی انگلیاں ان سے الجھتی رہیں۔ بار بار ناہید کی اوڑھنی ان کے بازوؤں سے لپٹتی رہی۔ ہر قہقہہ کھوکھلا تھا۔ ہر مسکراہٹ بے جان تھی۔ مجھے تو وحشت سی ہونے لگی۔ اتنے میں جواد بھائی بھی آنکلے۔ مگر وہ خود بھی ہر ایک سے ویسے ہی بن بن کے باتیں کر رہے تھے۔ ان کی آنکھوں کی شوخی میں مجھے گھناونا پن نظر آیا۔ میں نے نظریں پھیر لیں۔ مجھے جو دیکھا تو وہ حیرت زدہ ہو گئے۔ "ارے بی بی تم یہاں" ؟ہاں، میں نے مختصر جواب دیا۔

ارشی لایا ہے تمہیں یہاں"۔ جی ہاں۔ میں نے کہا اور خدا معلوم میرے جی میں کیا آئی کہ میں نے کہا" آپ حسنیٰ کو بنا لیجئے نا پارٹنر اپنی۔ بہت اچھا کھیلتی ہے وہ" یہ میں جانتا ہوں۔ مگر بی بی میں صرف کھیل کے علاوہ بھی اپنی ساتھی میں کچھ چاہتا ہوں۔

آپ کچھ نہیں چاہتے۔ آپ صرف یہی کچھ چاہتے ہیں جو یہاں ہے۔ یہی مصنوعی قہقہے یہ غیر فطری شوخیاں، یہ دھوکہ باز فطرت، یہ امارت کے نظارے، آپ صرف یہی چاہتے ہیں۔

معلوم نہیں کیوں میں نے یہ سب کچھ تلخ لہجہ میں کہا، مگر میں نے دیکھا، جواد بھائی کی نگاہیں جھک گئیں۔ ان کی مغرور ادائیں پسپا ہو گئیں۔ میں نے پہلی دفعہ ان سے اپنے

آپ کو بہت اونچا محسوس کیا۔ سورج اب بھی مجھے اپنے قریب محسوس ہوا، لیکن اس کی گرمی کو میں نے چپکے سے برداشت کرلیا۔

جب گھر لوٹی تو ارشی کھوئے کھوئے تھے اور میں بے چین۔ آج پہلی بار میں نے ان کی ٹھنڈی آنکھوں میں ایک خاموش شعلہ بھڑکتا دیکھا۔

بابا دورے پر جانے لگے تو امی بھی ساتھ چلی گئیں۔ مجھے پھربی اماں کے پاس جانا پڑا۔ وہ تو اس زمانے میں کالج کو چھٹیاں تھیں۔ ورنہ اتنی دور کون لے جاتا مجھے۔ چھٹیاں ارشی کے ساتھ بہت مزے سے گزرتی ہیں، پڑھنا وڑھنا خاک نہ ہوتا۔ لیکن دن لطف سے کٹتا۔ معلوم ہی نہیں ہوتا کہ دن کیسے گزر رہے ہیں۔ ادھر جواد بھائی بھی ہر دوسرے تیسرے دن آنے لگے۔ تاش، قہقہے، سگریٹ، چائے، باتیں، باتیں، صرف باتیں، دنیا بھر کی باتیں۔۔۔۔۔بس چلتا تو شاید ارشی اور جواد بھائی رات بھر بھی جاگا کرتے۔ بی اماں سرِ شام ہی سے ڈانٹ ڈپٹ کرنے لگتیں۔

ایک دن جواد بھائی نہیں آئے۔ میں بی اماں کے پاس تخت پر لیٹی ہوئی تھی۔ ارشی نہا کر حمام سے نکلے۔ اور آئینہ کے سامنے کھڑے ہو کر اپنے آپ کو دیکھتے رہے۔ یہ ان کی عادت تھی کہ اپنی صورت، اپنا جسم اور اپنے بازوؤں کو نئے نئے انداز سے دیکھتے، اور خود ہی خوش ہوتے۔ ساتھ ساتھ بی اماں اور مجھ سے داد طلب کرتے جاتے۔ جسم ان کا سچ مچ فولاد کا ڈھلا تھا۔ تنا ہوا اور چمکیلا۔ مچھلیاں پھڑکاتے تو میں نظر نہ ہٹا سکتی۔ اتنے قوی ہونے کے باوجود درشتی کا نام و نشان نہیں۔ دیکھنے میں بھی نرم نرم اور چاند کی طرح ٹھنڈے ٹھنڈے چمکیلے نظر آتے۔ اور ان کی گردن کا خم۔ ایسی پیاری گردن تھی اور وہ خم۔۔۔۔۔ یہاں گردن و شانہ آپس میں مل جاتے۔ میرا جب کبھی پیار کرنے کو جی چاہتا میں بائیں طرف ان کا یہی خم چوم لیتی۔ گرمی اور نرمی، وہاں ہونٹ رکھ دو تو سر اٹھانا یاد نہیں رہتا۔

گوشت میں گوشت جذب ہو جاتا ہے۔ کچھ اپنا پن کچھ انوکھا پن ہوتا اس پیار میں۔

ارشی شاید میری نگاہوں کا تعاقب کر رہے تھے۔ کہنے لگے جان اب تجھ میں جھجھک کیوں پیدا ہو گئی۔ بڑی بری بات۔۔۔۔ کیوں نہیں بے تکلف تو پہلے کی طرح پیار کر لیتی۔ دیکھ تو۔۔۔۔ ابھی ابھی نہا کے نکلا ہوں۔ گردن کے خم میں تازہ تازہ نرمی اور گرمی ہے۔ آ۔ آ بھی جا"

بی اماں کہنے لگیں "چل چل۔ دماغ خراب ہوا ہے تیرا، سب کے سامنے بھی ایسے ہی کرتا رہتا ہے۔لوگ کیا کہیں گے بھلا، وقت وقت کی بات جدا ہوتی ہے"

"لوگ کیا کہیں گے؟ ہوتے کون ہیں وہ بولنے والے۔ جب دیکھئے تب آپ یہی کہیں گی۔ یہ ڈر یہ خوف، تصنع اور بناوٹ پیدا کرتا ہے۔ آپ لوگوں کی یہی ذہنیت تو گندگی پیدا کرتی ہے۔ اسی میں گناہ جنم لیتے ہیں۔ معصوم پیار کو آپ برا کیوں سمجھتی ہیں۔ میں آپ کی اداس پیشانی چوم لوں یا بی بی کی آنکھیں تو اس میں برائی کیا ہے"۔

وہ جلدی سے کپڑے پہن کر آ گئے۔ آج ان کی آنکھوں میں ایک میٹھی سرگوشی جھانک رہی تھیں۔ میرا کان کھینچ کر اپنے منھ تک لے گئے۔ ان کے ابھرے ہوئے ہونٹوں کی ٹھنڈک نے میرے پپوٹوں پر نیند پھیلا دی تھی۔ انھوں نے زور سے کان کھینچا تو میں جھنجھلا گئی۔

"کیا ہے ارشی؟۔

زور زور سے چیخ کر کہنے لگے کان میں "سن تو ایک پرائیوٹ بات سنے گی۔۔۔۔؟

"تمہاری پبلک باتیں کون سی ہوتی ہیں ارشی؟

ہنس کے کہنے لگے۔ "نہیں بھنو سچ مچ کی پرائیوٹ بات ہے"۔

بی اماں نے پوچھا، یہ آخر کیا بات بات کر رہا ہے۔ سیدھے سیدھے بتاتا کیوں نہیں۔

"بی اماں! میں اس سے اظہار عشق کرنا چاہتا ہوں۔ اس کو پرائیوٹ بات کہتے ہیں۔

ارے ارے منھ سنبھال کے۔ تیری چچی جان سن لیں تو خفا ہی ہو جائیں۔ اور تیرے چچا جان کیا کہیں گے؟ سگا بھائی بھی ہو تو کیا، ہوش آنے پر سنبھل کر بولنا پڑتا ہے۔ کیا کہیں گے وہ بھلا"۔

" کہیں گے کیا؟ انہوں نے نہیں کیا ہو گا عشق؟ کون نہیں کرتا۔ اس کے مختلف روپ ہیں امی۔ مگر سب یہی کرتے ہیں۔ پھر کیوں نام لیتے شرمائیں کیوں۔ عمر کے ہر دور میں ہر پہلو سے ہم کھل کر عشق کریں، گناہ چھپانے میں ہے۔۔۔۔۔ اچھا میری پیاری بی اماں یہ تو بتایئے آپ سے میرے بابا نے عشق نہیں کیا ہو گا؟ میں سمجھتا ہوں وہ بھی میرے ہی جیسے ہوں گے۔ وہ اب ہوتے تب بھی یہی کرتے۔"

ارشی ہیں ایک بے وقوف۔ بھلا کیا ضرورت تھی ان کو مرحوم شوہر کی یاد دلانے کی۔ بی اماں کی آنکھوں میں نمی کی کہر پھیل گئی۔ پرانی، بہت پرانی باتیں یاد آ گئیں۔ آج سے بیس بائیس سال پہلے کی۔ وہ ہمارے پاس سے اٹھ گئیں۔ ان کا خوب صورت اداس چہرہ جو وقت سے پہلے ہی مرجھا چکا تھا آج پھر تمتما اٹھا۔ یہ یادیں بھی کتنی بے رحم ہوتی ہیں۔

"ارشی ان کے انداز بھی یہی تھے۔۔۔۔۔"

جب وہ چلی گئیں تو میں نے ارشی کا کان کاٹ لیا۔ تم کتنے گدھے ہو ارشی۔ کتنی اداس ہو گئیں وہ۔ اظہار عشق کرنے چلے تھے۔ بڑے آئے وہاں سے۔ کیا روز روز نہیں کرتے۔ جو آج نیا لاڈ امنڈ آیا۔ لے کے میری بی اماں کا دل دکھایا"۔

ارشی خود بھی سوچ میں پڑ گئے۔ پھر کہنے لگے۔ "میں اکثر سوچتا رہتا ہوں بی بی کہ ہم سب محبت کے بھوکے ہیں، ہمیں ہمیشہ کسی نہ کسی کی محبت کی سخت ضرورت ہے۔ ماں ہو

کہ بہن، بیوی ہو کہ بیٹی، باپ ہو کہ بھائی، بیٹا ہو کہ دوست، محبت کے سینچے بغیر زندگی کا پودا پنپ نہیں سکتا۔ پروان نہیں چڑھ سکتا، جب ہم حقیقت کو مانتے ہیں تو پھر کیوں نہیں کھل کر ایک دوسرے سے محبت کرتے، ایک دوسرے کو چاہتے، جذبات کا گلا ہم کیوں گھونٹا کرتے ہیں؟ ہم ایک دوسرے میں بعد کیوں پیدا کرتے ہیں! سچ جب کبھی تمھیں چچا ابا سے باتیں کرتے دیکھتا ہوں تو میرے دل میں محبت کا عجیب احساس جاگ اٹھتا ہے۔ تم کتنی بے حس ہو دور بیٹھی باتیں کیا کرتی ہو۔

اگر میرے بابا ہوتے تو میں ضرور انھیں پیار کرتا۔ تم تو امی سے بھی بے تکلف نہیں۔ مگر میرا جی تو اپنی بی اماں کو بچوں کی طرح پیار کرنے کو چاہتا ہے۔ اور یہی وجہ ہے جان، کہ میں تجھے بھی اتنی شدت سے پیار کرتا ہوں۔ شدت مجھے بہت پسند ہے اور خصوصاً محبت میں، تو نے بھی تو وہی دودھ پیا ہے جس نے مجھے اس قدر محبت کا پیاسا بنا دیا ہے"۔

معلوم ہوتا ہے ارشی تم محبت کے موضوع پر کوئی خاص کتاب پڑھ کر آئے ہو۔ ایسے ہی محبت والے ہو تو شادی کیوں نہیں کر لیتے۔ دن رات بیٹھے بیوی کی پوجا کیا کرنا،

"میں تو آج کر لوں، واللہ ابھی کر لوں مگر مجھے لڑکی ملے تب نا"۔

"دنیا میں کیا لڑکیاں ہیں ہی نہیں۔ اور پھر تم جس لڑکی کو چاہو گے وہ آپ تمہاری ہو جائے گی۔ اتنے اچھے ہو تم۔ بھرپور زندگی، بے داغ سیرت اور پھر تم کتنے خوش مذاق ہو"۔

ارشی نے سگریٹ کا کش لے کر دھواں چھوڑ دیا۔ پھر کچھ سوچ کر بولے۔ "بی بی۔ وہ لڑکی کہاں جسے میرا دل پیار کرے۔ میں جو کچھ چاہتا ہوں وہ مجھے کہیں نظر نہیں آتا۔ یا پھر شاید میں نے ایسی لڑکیاں دیکھی ہی نہیں، مانا کہ پردہ بزرگوں کے نزدیک کچھ خوبیاں

رکھتا ہے۔ مگر اکثر شریک زندگی کا انتخاب غلط ہو جاتا ہے۔ میں نے آج سے چار پانچ سال پہلے ایک لڑکی دیکھی تھیں۔ مگر میرے قریب پہنچنے تک دوسرے نے اسے اپنالیا۔"

میں جانتی تھی کہ یہ لڑکی کون ہے۔ ارشی کو اس کے لیے پریشان بھی دیکھا تھا۔ اس کی شادی کے بعد اداس بھی دیکھا تھا۔ مگر پھر وہ اپنی اصلی حالت پر آ گئے تھے۔ یہ تو مجھے آج ہی معلوم ہوا کہ صحیح قسم کی بیوی کا تصور اب بھی وہی ہے۔

میں نے ٹالنے کی غرض سے کہا" اوہو۔ بہت سنجیدگی سے سوچنے لگے ہو۔ اب تو۔ ارے بھئی حسنیٰ سے کیوں نہیں کر لیتے۔ صورت تو بڑی پیاری ہے۔ اور آپ کو چاہتی کتنا ہے۔

"تم صرف حسنیٰ کی صورت ہی دیکھتی رہو۔ اس کی سیرت کی جھلک نہیں دیکھی تم نے۔ یہی دکھانے تو میں تمہیں ایک دن وہاں لے گیا تھا۔ دیکھ لیا نا وہاں کس قدر دھوکا ہے، کتنا فریب ہے۔ میں قیامت تک اکیلا رہنا گوارا کر سکتا ہوں۔ مگر ریاکار محبت کے چند لمحے بھی مجھ پر بار ہو جاتے ہیں۔ مجھے گھن آتی ہے اس سے۔ یہ شایستہ طوائفیت ہے اور اسے میں انسانی زندگی کا سب سے برا مرض سمجھتا ہوں۔ اس سے گھن کھاتے ہوئے بھی میں نے اس پر نشتر لگائے ہیں بی بی"۔

"تو پھر ارشی تم مجھ جیسی کسی بے وقوف سے کر لو۔ جو عمر بھر کبھی ریاکاری کر ہی نہ سکے"

"میں اس وجہ سے تجھے زیادہ چاہتا ہوں جان۔ تو بہن بھی ہے دوست بھی، انسان بھی ہے۔ اور میری محبوب بھی۔ یہی وجہ ہے میں تجھ سے ہمیشہ کہتا ہوں جھجک جھجک کر اس معصومیت کو داغ مت لگانا"۔

وہ اٹھ کھڑے ہوئے، پھر میری ٹھوڑی کو نرمی سے دباتے ہوئے بولے۔ جواد بہت

اچھا لڑکا ہے۔ تم اس سے کھل کر ملا کرو۔ اس کے خلوص کو پرکھو۔ میں چاہتا ہوں کم از کم تم، اپنے شریک زندگی کے انتخاب میں مجبور نہ رہو۔ بی بی ہمیشہ یاد رکھنا کہ جب صحیح قسم کے دل و دماغ، مرد و عورت مل جاتے ہیں تو خدا کا سب سے بڑا مقصد پورا ہو جاتا ہے۔ یہی مسرت باوجود انسانی زندگی میں فانی ہونے کے دائمی اور ابدی ہے۔ یہی سچی عبادت ہے۔"

پھر ہنس کر بولے "یہی پرائیوٹ بات تھی جیسے میں پکار کر کہنا چاہتا تھا"۔ مجھے ایسے لگا کہ تپتا ہوا سورج یکایک مسکرانے لگا۔ اور اس کی گرمی سے جلنے اور پریشان ہونے کی بجائے ایک نئی تازگی اور گرمیِ حیات مجھ میں پیدا ہو گئی۔ رات میرے دل و دماغ نے ایک نئی کروٹ لی۔ اور زندگی میں پہلی بار میں نے ایک مرد کا انوکھے روپ میں تصور کیا۔ کیا میں جواد کو اس سے قبل جانتی تھی؟۔

امتحان کا زمانہ تھا۔ بے حد مصروفیت۔ سر اٹھانے کو مہلت نہ ملتی تھی۔ زوالوجی، باٹنی، کیمسٹری اور فزکس فلاں وچنیں۔ سال بھر بڑے اطمینان سے گزارا تھا میں نے۔ اور اب اس کا جرمانہ دینا تھا۔ ایسے میں ارشی اور جواد کبھی کبھی آ جاتے۔ ارشی مجھ سے کہتے ڈرنے کی کوئی بات نہیں جان۔ اس سال نہیں اگلے سال سہی۔ وہ خود بھی ایسے ہی بے فکرے تھے۔ باوجود ذہین ہونے کے انہوں نے کبھی ایک سال میں ایک امتحان نہیں پاس کیا۔ ہمیشہ رک رک کر آگے بڑھتے رہے۔ لیکن مجھے اس سال کامیاب ہو جانا ضروری معلوم ہوتا تھا۔ کیونکہ جب تک دماغ تصورات سے خالی اور بے فکر رہتا ہے۔ تب تک انسان پڑھ بھی سکتا ہے، لکھ بھی سکتا ہے اور سب کچھ کر سکتا ہے۔ لیکن ادھر دو مہینوں سے جواد جو میرے خیالوں میں بس گئے تھے، اس سے میں بہت سہمی ہوئی تھی۔ زندگی میں اپنی نوعیت کا پہلا تجربہ تھا۔ اس لیے یہ بھی مشکل تھا۔ کہ ادھر سے خیالات کو

ہٹالوں۔ میں اچھی طرح سمجھ گئی تھی کہ اگر نکل گئی تو اسی سال، ورنہ کبھی امتحان نہ دے سکوں گی۔

غضب تو جب ہوا جب امتحان سے چند روز پہلے گھر میں گڑبڑ ہو گئی۔ دو اچھے رشتے میرے لیے آ گئے۔ بابا اور امی اس فکر میں تھے کہ کوئی اچھا آدمی رشتہ مانگے۔ اور ان کے نزدیک "اچھا" ہونا ظاہر تھا کہ میرے لیے کیا ہو سکتا ہے۔ ہم دونوں کی نگاہوں میں فرق ہوتا ہے۔ ماں باپ اپنے نقطۂ نظر سے دیکھتے ہیں کہ آدمی کیسا ہے، کھاتا پیتا، کمانے والا خاندانی ہے کہ نہیں، وہ کبھی نوجوانوں کے نقطۂ نظر سے نہیں دیکھتے کہ اس کا اپنا مذاق کیا ہے۔ اس کا دل میرے ساتھ دھڑک سکے گا کہ نہیں؟"

جواد کو خبر ہوئی تو بہت پریشان ہوئے۔ حالات کچھ ایسے پیدا ہو گئے تھے کہ ہم ایک دوسرے کے قریب آ گئے تھے۔ ہم ایک دوسرے کا انتخاب کر چکے تھے۔ اب اتفاق ایسا ہو گیا کہ ہمارا پریشان ہونا لازمی تھا۔ یہ تو ناممکن تھا کہ پھر سے زندگی الف بے سے شروع کی جاتی۔ جواد کا نہیں جانتی، میں اپنا کہتی ہوں کہ میں بہت آگے نکل آئی تھی۔

امتحان میں صرف ایک ہفتہ باقی رہ گیا تھا۔ اور میرے خیالات آوارہ بھٹک رہے تھے۔ زندگی معلق ہو گئی تھی۔ مجھے ایسی حالت میں پہلے خدا یاد آیا، پھر ارشی کے بالوں میں منہ چھپا کر رو پڑی۔ مجھے ایسا معلوم ہوتا تھا کہ خواہ مخواہ انہوں نے ہی مجھے جنت کے خواب دکھائے۔ انہوں نے ہی مجھے وہ راستہ دکھایا تھا جس پر چل کر میں بہت دور نکل آئی تھی۔ اور جہاں سے لوٹنا میرے لیے ناممکن تھا۔

میرے آنسوؤں کو دیکھ کر ارشی بالکل گھبرائے نہیں بلکہ اطمینان سے مسکراتے رہے ان کی مسکراہٹ میں دلی خوشی تھی۔ پھر میری سوجی ہوئی آنکھوں کے بوجھل پپوٹوں کو چوم کر بولے۔ "منی تم جس راستہ پر جا رہی ہو وہی سیدھا راستہ ہے۔ وہی تمھیں

منزل تک لے جائے گا۔ مگر یہ بھی یاد رکھو۔ مسرت ہمیشہ آسمان سے ٹپک نہیں پڑتی۔ اس کے لیے ریاضت کی ضرورت ہے۔ قربانی کی ضرورت ہے۔ ہمت اور جرات کی ضرورت ہے۔ میں نے تمھارے سوئے ہوئے ضمیر کو بیدار کر دیا ہے۔ اس کی آواز سنو۔ جو وہ کہے تم وہی کرو۔ وہی انسان کا سب سے سچا اور مخلص دوست ہے۔ تم کبھی دھوکا نہیں کھا سکتیں۔ لیکن اگر تم نے اس کی آواز کو نہیں سنا اور اپنے کان بند کر لیے۔ تو میں تمھیں یقین دلاتا ہوں کہ پھر تم لاکھ قربانیاں کرو منزل تم سے دور ہی دور ہوتی جائے گی۔ لوگ تو صرف ایک موہوم امید پر بڑی بڑی قربانیاں کرتے ہیں۔ خطرات کا مقابلہ کرتے ہیں اور تمہارے سامنے تو تمہارا مقصد زندہ موجود ہے۔ اس کے لیے صرف ہمت کی ضرورت ہے اور کچھ نہیں" آہستہ آہستہ وہ میری پیٹھ تھپکتے رہے، اور مجھ میں نئ قوت پیدا ہو گئ۔ میرے لہو کی روانی تیز تر ہو گئ۔

مگر ابھی جواد کو میں نے آزمایا نہیں تھا۔ مجھے کیا معلوم کہ اگر میں اپنے ماضی کو ٹھکرا کر آگے بڑھوں تو مستقبل میرا استقبال کرے گا۔ میں چاہتی تھی جواد مجھے سہارا دیں۔ یقین دلائیں۔ مگر وہ مغرور جواد، وہ باہمت اور جری جواد خود نڈھال ہو گئے تھے۔ ان کے بال الجھ گئے، ان کی صورت پر وحشت سی چھا گئی۔ ان کی آنکھوں میں آنسو آ گئے۔ انہوں نے اپنا گریباں چاک کر ڈالا۔ میں مجنوں کی داستان کو دوبارہ نہیں دیکھنا چاہتی تھی۔ وہ زمانہ گزر گیا جب صحرا کی وسعت جنوں کو پناہ دیا کرتی۔ اب تو صحرا بھی بہ آسانی طے کیا جا سکتا ہے۔ اب تو دامن کو سیا جا سکتا ہے۔ اب بجائے ہمت ہارنے کے آگے بڑھنے اور سہارا دینے کی ضرورت ہے۔

بعض اوقات جواد کی حالت پر مجھے افسوس بھی ہوا۔ بعض اوقات غصہ بھی آیا۔ اگر مجھے یہ معلوم ہو جاتا کہ میرے بغیر بھی وہ ایک پر لطف زندگی گزار سکیں گے تو میں

مطمئن ہو کر اکیلی اپنی قسمت سے نبٹ لیتی، مگر یہاں تو انہیں میری ضرورت تھی۔ اور وہ میرے لیے ہمت نہیں کر رہے تھے۔

امتحان آگیا۔۔۔۔ اس کشمکش کے دوران میں میں نے پرچے کیئے۔ ارشی ہر روز میرے پاس آتے۔ میری ہمت بندھاتے۔ انہیں دیکھ کر مجھے خیال ہوتا کہ دنیا میں اور کوئی نہ سہی ایک آدمی ایسا ہے جو میری تنہائی دور کر سکتا ہے۔ جو میرا دکھ بانٹ سکتا ہے۔ انہیں کی باتوں سے میں نے اپنے آپ پر بھروسہ کرنا سیکھ لیا۔ میں اب مقابلے کے لیے تیار ہو گئی۔ میں بزدلوں کی طرح ماتم کر کے اپنی قوتوں کو کمزور کرنا نہیں چاہتی تھی۔ اس لیے میں نے پرچے کیئے۔ دل اگرچہ الجھتا رہا۔ دماغ پریشان ہوتا رہا۔ لیکن میں نے اپنا کام جاری رکھا۔

اور جب امتحان ختم ہو گیا تو مجھے ایسے لگا کہ اب میرے اور تفکرات کے درمیان کوئی چیز حائل نہیں رہی۔ اب تو ہر لمحہ وہی خیالات رہتے۔ سیر و تفریح بھی نہیں۔ کلثوم کی باتوں میں حلاوت و شیرینی بھی نہیں رہی۔ میں چاہتی تھی کہ ارشی کی ہمت جواد میں منتقل ہو جائے۔ میں دن رات انتظار کرتی رہی کہ جواد میں کچھ تبدیلی پیدا ہو۔ ان میں آگے بڑھنے کی تمنا پیدا ہو۔

ارشی نے کہا" تم اسے تمناؤں کی جھلک دکھا دو وہ خود آگے بڑھے گا"۔ اور ارشی نے ایک رات مجھے کھانے پر بلایا۔ جواد بھی آگئے وہاں۔ وہ خاموش تھے۔ وہ مایوس تھے۔ کھانے کے بعد میں اور ارشی آم کے پیڑوں کے گھنے جھنڈ میں چلے گئے۔ جواد بھی وہی آ گئے۔ کچھ دیر بعد چاند نکل آیا۔ چاند چپ چاپ مسکرا رہا تھا۔ میں ارشی کے کندھے پر ہاتھ رکھے، ان کا سہارا لیے چاند کو تکتی رہی۔ پھر میں نے بغیر کسی کو مخاطب کیئے ہوئے کہا" یہ چاند بڑھتا گھٹتا رہتا ہے۔ لیکن پست ہمت نہیں ہوتا۔ ایک دفعہ ڈوب کر پھر نکل آتا ہے۔

یہ بالکل معدوم نہیں ہو جاتا آسمان سے۔ فطرت کا کوئی پہلو بھی ایسا نہیں جو مایوسی کا سبق دے۔"

جواد چپ چاپ چاند کو تکتے رہے پھر تھکے ہوئے لہجہ میں کہنے لگے "۔ مگر سب سے کیسے اکیلے مقابلہ کر سکوں گا۔ رشتہ دار ہیں، رقیب ہیں، دولت ہے اور عہدے ہیں۔ میں ان سب سے اکیلے کیسے نبٹ لوں"۔

"تو پھر آب حیات کی تمنا بھی چھوڑ دو۔ کیونکہ اس کے لیے ظلمات سے گزرنا لازمی ہے۔ تم ناکامیوں کے ڈر سے قدم ہی نہیں اٹھاتے۔ ورنہ تم اکیلے کب ہو۔ میری تمنائیں جب تمہارے ساتھ ہیں تو تم اکیلا کیوں سمجھتے ہو خود کو"۔

"مگر مجھے اس کا یقین کب ہے کہ تم میرا ساتھ دے سکو گی؟"

"تم جس طرح کہو میں یقین دلا دوں۔ لیکن میں تمھارا ساتھ اسی وقت دوں گی جب مجھے معلوم ہو جائے کہ تم میرے لیے ہو، ایک دنیا کا مقابلہ کرنے کو تیار ہو۔ ورنہ اگر تم چاہو کہ تم صرف دل کے اجڑنے کا ماتم کرتے رہو اور میں بھی اس ماتم میں اپنی زندگی خراب کر دوں تو یہ مجھ سے نہ ہو گا۔ نہ مجھ میں اتنی ہمت ہے کہ ایک دفعہ ہار کر پھر نئے سرے سے زندگی بسر کروں کیونکہ اس کے سوا بھی دنیا میں اور کام بھی ہیں۔ اب تم خواہ بے وفا یا وفا کے الفاظ سے الجھتے رہو۔ یا اپنی قسمت کو کوستے رہو"۔

یہ تو میں نے جواد کے سوئے ہوئے انسان کو جگانے کے لیے کہہ دیا تھا۔ ورنہ میرا دل خوب جانتا تھا کہ ان سے دور رہ کر زندگی کتنی بے معنی ہے۔ میں ان کی قوتوں کو ٹٹول رہی تھی۔ اپنی وفا کا امتحان دینا مقصود نہ تھا، ارشی چپ چاپ مجھے دیکھ رہے تھے۔ کہنے لگے۔ "آج میں تجھ میں ایک نئی عورت دیکھ رہا ہوں۔ میں بہت خوش ہوں، بہت خوش"۔

بڑی دیر کے بعد جواد نے سر اٹھایا اور کہنے لگے "جو کچھ بھی ہو میں آگے بڑھوں گا۔ مگر آج جدا ہونے سے قبل میں چاہتا ہوں کہ تم کو اپنا سمجھوں۔

میں نے اپنی سفید نرم ہتھیلی آگے بڑھا دی۔ جواد نے جھک کر اسے چوم لیا۔ میرے سارے جسم میں بجلی سی دوڑ گئی۔ ایک نیا احساس جاگ اٹھا اور شاید میرا انگ رنگ بے قابو ہو جاتا اگر میں نے ارشی کا سہارا نہ لے لیا ہوتا۔ جواد جیسے مست ہو گئے۔ وہ آگے بڑھے۔ مرد ہمیشہ ایسے وقت اندھا ہو جاتا ہے۔ لیکن میری تو آنکھیں کھلی تھیں۔ میں اس حسین چاندنی رات، جواد اور ارشی کے علاوہ مستقبل کی لہروں کو بھی دیکھ رہی تھی۔ میں نے استقلال سے پر اعتماد لہجے میں کہا "جواد اسی کو بہت سمجھو، یہی میرے لیے اقرار نامے کی مہر ہے۔ آج سے ضرور میں اپنی حفاظت تمھارے لیے کروں گی۔ وقت آنے پر میں اور آگے بھی بڑھ سکتی ہوں۔ ابھی نہیں۔۔۔۔۔ ارشی کی آنکھوں میں روشنی پیدا ہو گئی۔ ایک تعریف ایک مسرت کی لہر جس نے میرا ارادہ اور مستقل کر دیا۔ میں ان دونوں کو چاند کے ٹھنڈے سائے میں چھوڑ کر خود آ گئی۔ میرا دل مطمئن تھا۔ میں اس رات بی اماں کی گود میں سر رکھ کر آرام سے سو گئی۔ اور خوابوں میں بھی اس مہر کی حفاظت کرتی رہی۔ جو میری ہتھیلی میں موجود تھی، جس کے خیال ہی سے رگ رگ میں تمام جسم میں ایک لہر سی دوڑ جاتی۔

حالت بدل گئے۔ رفتہ رفتہ الجھنیں دور ہوتی گئیں۔ بدلیاں چھٹ گئیں۔ صاف صاف نکھرا ہوا آسمان نکل آیا۔ جواد نے سچ مچ ہمت سے کام لیا۔ مجھے حیرت تھی، ان میں پھر وہی مغرور وہی جری انسان جاگ اٹھا تھا۔ اب تو اس میں دوگنی زندگی تھی۔ ارشی نے بابا اور امی کو ہموار کرنے میں، سمجھانے میں دریغ نہ کیا اور جس دن میرا نتیجہ لگا میں بے حد مطمئن تھی۔ اس دن صبح ارشی نے مجھے ایک خط دیا۔ میں نے دھڑکتے ہوئے دل سے

اسے بڑی دیر بعد کھولا۔ کھولنے سے پہلے یہی سوچتی رہی کہ اس میں جواد نے کیا کیا لکھا ہو گا۔ جواد نے شاید دل کی دھڑکنوں کو الفاظ میں ڈھال دیا تھا۔ اسے پڑھ کر کتنی مسرت کتنی تسکین ہوئی۔ اس کا مجھے خود بھی ٹھیک سے اندازہ نہ تھا۔ ارشی نے کہا" بھئی بہت زیادہ خوش نہ ہونا۔ میں نے ہی لکھوایا ہے اس سے۔ ایک لمحہ کے لیے میں سنجیدہ ہو گئی۔ پھر سر اٹھا کر میں نے ارشی کی آنکھوں میں دیکھا۔ وہاں مسرت ناچ رہی تھی۔ ہم دونوں ہنس پڑے۔ پھر وہ جھک کر کان میں کہنے لگے" یاد ہے بی بی۔ آج سے دو مہینے پہلے چاند کی ٹھنڈی روشنی میں میرا سہارا لیے تم نے جواد سے وعدہ کیا تھا کہ وقت آنے پر وہ آگے بھی بڑھ سکتا ہے۔ خوب سوچ لو۔ آج چاند تو نہیں۔ لیکن ان تاروں کی روشنی میں وہ اپنا قرض ضرور وصول کرے گا۔ میں گواہی دوں گا۔

میں نے اپنا سر جھکا لیا۔ آج بھی میری ہتھیلی میں دو موٹے موٹے ہونٹ ابھرے جنہوں نے اپنی زندگی کی حرارت مجھ میں منتقل کر دی تھیں۔ میرا دل دھڑکنے لگا۔ کچھ نہیں کہا۔ رات آخر آگئی۔ پھولوں میں گھری ہوئی۔ قہقہوں میں ڈوبی ہوئی۔ میں ہر ایک سے مبارک باد سنتی رہی اور آخر میں وہ آواز جس کی میں منتظر تھی۔ جب ہاتھ ملایا ہے تو فولادی پنجہ نے جیسے شکنجہ میں دبا دیا۔ سارے ہاتھ کو جیسے بجلی چھو گئی۔ میں نے تحفوں کے بنڈل رکھے۔ کمرے میں گئی۔ سب کھانے کے کمرے میں بیٹھے باتیں کر رہے تھے۔ میں میز پر رکھ کر جونہی پلٹی اچانک کسی نے پکڑ لیا۔ اس سے قبل میں سمجھوں کہ کیا ہو رہا ہے، جواد اپنا قرض وصول کر چکے تھے۔ میں بالکل گھبرا گئی۔ تمام جسم میں پسینہ کے فوارے جیسے پھوٹ نکلے ہوں۔ مگر جواد نہایت اطمینان سے کھڑے مسکرا رہے تھے۔ وہی مسکراہٹ جس کی مغرور جھلک ہمیشہ مجھے نیچا دکھا دیتی۔

ہنس کر پوچھا" بہت ناراض ہو گیا؟ ایک لمحہ کے لیے میرے منہ سے کچھ نہ نکلا۔

لیکن دوسرے لمحہ میں خفگی سے کہا، 'بہت بہت ناراض ہوں" اور میں پلٹ کر وہاں سے تیزی سے نکل گئی۔ اب بھی سارے جسم میں بجلیاں دوڑ رہی تھیں۔ اور میرے دماغ میں لہو شاید ایک دم چڑھ گیا تھا۔ یہ کیا چیز ہے۔ کیا چیز ہے۔ کچھ سمجھ میں نہیں آیا۔ میں آکر ارشی کے سہارے صوفے پر گر پڑی اور ان کے کندھے پر سر ٹیک دیا۔ میرا دل بڑے زور سے دھڑک رہا تھا۔ کوئی سن لے تو؟ جواد کے گنگنانے کی آواز آئی۔ ع

ستاروں سے آگے جہاں اور بھی ہیں

میں اب بھی لرز رہی تھیں کانپ رہی تھی۔ ارشی نے پلٹ کر مجھے دیکھا۔ میری آنکھوں میں کچھ دیکھتے رہے۔ پھر ہنس کر بولے۔ "ہاتھ سے گئی"۔

جواد جب بھی موقعہ ملتا ضرور آجاتے۔ گھر پر نہیں تو کبھی پھوپھی اماں کے یہاں مل گئے۔ کبھی چھوٹی چچی کے پاس۔ جب بھی ملتے ایک فاتح جیسی ہنسی ہنس دیتے۔ اب ساری وحشت اور دیوانگی دور ہو گئی تھی۔ اب تو باقاعدہ بن سنور کر آتے اور چہرہ گلابی ہو رہا تھا۔ معلوم نہیں وہ مجنوں کہاں غائب ہو گیا تھا جس کی حالت پر افسوس کر کے گھنٹوں اکیلے میں میں نے آنسو بہائے تھے۔ راتوں کو جاگ جاگ کر دعائیں مانگی تھیں۔ الجھے ہوئے بالوں کو سلجھا دینے کو جب کتنا جی چاہتا۔ لیکن اب۔ اب وہاں کوئی اور ہی شخص تھا جسے میں پسند کرتی تھی، جس سے خائف تھی۔

ارشی بھائی بہت دنوں سے غائب تھے۔ بی اماں آئیں بھی تو نہیں آئے۔ میں نے چٹھی بھیجی لیکن جواب نہیں دیا۔ کہلا دیا فرصت نہیں ہے۔ آخر ایک دن جواد گھسیٹ لائے انھیں۔ دبلے ہو گئے تھے۔ رخساروں پر زردی چھا رہی تھیں۔ آنکھوں میں تھکن تھی۔ لیکن حسن میں بہت بڑھ گئے تھے۔ ٹوئیڈ کی سیاہی مائل شیروانی، سفید چوڑی دار پاجامہ اور پیروں میں سلیم شاہی جوتا۔ سر پر لکھنوی قسم کی ترچھی ٹوپی۔ ہر لباس پھبتا پڑتا

ہے ان پر۔ میرا جی چاہا ایک دفعہ پیار کرلوں۔ مگر بہت دنوں بعد آئے تھے۔ اس لیے میں نے سوچا پہلے کی طرح ان سے کیوں نہ جھگڑا جائے۔ اس لیے میں نے شکایت کے لہجے میں کہا۔ "ارشد بھائی اب بھی نہ آتے آپ"۔

"میں کب آیا ہوں، یہی تمھارے جواد کھینچ لائے ہیں۔"

میرے دل کو جیسے کس نے دھکا دے دیا۔

"کہاں کے ارادے تھے" میں نے چوٹ کرنے کو کہا۔

"ذرا مشاعرہ میں شام کو جانا ہے۔"

"اوہو، آپ کو بھی اب شعر و ادب سے دل چسپی ہو گئی۔ خدا خیر کرے۔ وہ بھی ان جدید شعرا کے کلام سے آپ محظوظ ہوں گے۔ زہے قسمت" میں نے اپنی دانست میں بڑی تیکھی چوٹ کی تھی۔ جواب اس سے بڑھ کر تلخ ملا۔

" غربا نوازی ہے میری۔ باکس کا ٹکٹ لے لیا ہے میں نے۔ بے چارے غریب شاعر"

" بڑے ہمدرد ہو گئے ہیں غریبوں کے آپ۔ پہلے گگن محل کی بلندی سے نیچے اتر آیئے۔ یہ ٹویئڈ کی شیروانی، یہ سلیم شاہی جوتے، یہ سب نکالیے اور پھاوڑا کدال سنبھالیے جناب"

"کہہ تو دیا کہ غریب پروری کا خیال ہے، رہا اور اترنے کا سوال، میں اتروں نہ اتروں، تم تو آسمان پر چڑھ گئیں"۔

امی نے ڈانٹا "یہ کیا ہے؟ اتنے دنوں بعد تو آیا ہے بے چارہ اور اس سے لڑنے لگی"۔

ارشی بغیر میری طرف دیکھے ہوئے چلے، گئے۔ میرے دل میں جیسے کسی نے کانٹا چبھو دیا۔ میں اکیلے میں خوب روئی۔ میں نے اس لیے انہیں نہیں چھیڑا تھا کہ مجھے رلا کر

جائیں۔ ان سے عمر بھر تو لڑتی جھگڑتی رہی۔ گالیاں بھی دیں اور کوسنے بھی، لیکن ان کتنا پیار تھا۔ اب بھی میرا دل پکار پکار کر کہہ رہا تھا" آجاؤ ارشی میں تمھارے بازو میں اپنے دانت گڑو دوں۔ تم میرے بالوں کی لٹ کھسوٹ لینا۔ میں تمھیں گالیاں دوں اور تم مجھے چپت لگا دینا۔ میں تمھاری گردن کے خم کو پیار کروں، تم میرے پپوٹوں پر کنول کھلا دینا۔ آجاؤ ارشی۔ میرے اپنے ارشی۔

میں نے یہ بھی دیکھا کہ میں جب تک سر جھکائے تکیے میں اپنے آنسو جذب کرتی رہی، جواد مجھے کھڑے دیکھ رہے ہیں۔ جب میں نے سر اٹھایا تو ان آنکھوں میں رشک کی چمک تھی۔ انہوں نے میرے آنسو پونچھ ڈالے اور ذرا خفگی کے لہجہ میں کہا"تم روتی کیوں ہو؟ ارشی کے لیے کیوں روتی ہو اور اتنا پھوٹ پھوٹ کے۔ آخر ایسی کیا بات ہے۔"

جب مجھ سے صبر نہ ہو سکا تو میں خود گئی ارشی سے ملنے کے لیے۔ ان کو چھوڑنا تو میرے لیے ناممکن ہے۔ میری محبت کے پودے کو انہوں نے ہی سینچ سینچ کر اتنا پروان چڑھایا، مضبوط بنایا۔ انہوں نے ہی تو پہلی دفعہ میرے دل کو سکون، نطق کو اعجاز دیا تھا۔ اول اول انسان بنایا تھا۔ جواد سے ملایا تھا۔ کتنا صحیح انتخاب تھا ارشی کا۔ اور وہ خود اکیلے رہ جاتے۔ میں جاتے ہی لپٹ گئی ان سے۔ اگرچہ سر اٹھا کر مجھے دیکھا نہیں۔ لیکن وہی بے تکلف بازو میری کمر سے لپٹ گیا۔ ارشی کیسے زرد ہو رہے تھے۔ بال کیسے الجھ گئے تھے۔ مانگ کا تو پتہ ہی نہ تھا۔ یا تو ہر وقت بال بنے ہوئے رہتے۔ یہ الجھے ہوئے پریشان بال معلوم نہیں کتنے دنوں سے کنگھی سے نا آشنا تھے۔ خشک، ان کی خوشبو، مہک، نرمی اور چمک سب برباد ہو گئے تھے۔

"ارشی" میں نے بالوں میں انگلیاں پھنسا کر کہا۔

"یہ کیا حال ہے تمھارے بالوں کا۔ تم نے کیا حالت بنا رکھی ہے اپنی"؟

" تمھاری بلا سے " ارشی نے جھڑک کر کہا۔ لیکن اس جھڑکی میں پیار کہیں چھپتا ہے۔

میں نے گردن کے خم میں ہونٹ گڑو کر کہا" دیکھو تو کیسی پتلی ہو گئی ہے گردن"۔

" تیرا کیا بگڑتا ہے۔ تو تو بھینس ہوتی جارہی ہے۔"

" میں کہتی ہوں تم شادی کیوں نہیں کر لیتے۔ اب تو خیر سے روزگار سے بھی ہو گئے " میں نے امی کی نقل کی۔

" تیری شادی ہو رہی ہیں نابس۔ اب تجھے دوسروں کی کیا فکر۔ میں اپنے آپ ہی نہیں پل سکتا۔ دوسروں کو کہاں سے پالوں گا۔ آمدنی سے دس روپیہ زیادہ تو میرا اپنا خرچ ہے۔ بیوی کو کیا دوں گا۔ سب لڑکیاں تجھ جیسی گھورے پر تھوڑی پڑی سڑتی ہیں کہ مفت میں لے لوں۔ پیسے کی دو دو"۔

مجھے ہنسی آ گئی۔ میں نے کہا" ریڈیو پر ہر مہینے ایک آدھ مضمون ہی پڑھ دو۔ دس پندرہ کی آمدنی ہو جائے گی۔"

ارشی کی آنکھوں میں پھر پرانی شرارت لوٹ آئی۔ گردن مروڑ دی، دو چار گھونسے لگائے۔ پھر غور سے میری صورت دیکھنے لگے۔ اور میری آنکھوں میں ٹھنڈک پھیل گئی۔ میں اسی کے لیے تو ترستی رہی تھی۔

" ایک بات کہوں"

" دو باتیں کہہ دونا"

" تیری یہ آنکھیں مجھے بہت پسند ہیں۔ میرے لیے ہمیشہ محفوظ رکھنا اچھا۔ وہ جواد بے ایمان ایسا ہے کہ آیا تک نہیں" ان کی آواز میں پیار کا شکوہ تھا۔

میں نے کہا" آنکھیں سچ مچ پسند ہیں ارشی تو لے لو تم ہی لے لو"۔

"بنتی ہے۔ بٹیا آج وعدہ کر کے کل ہی نہ بدل جائے شادی کے بعد تو کیا کہنا۔ آں"۔

میں مانجھے بیٹھ گئی۔ ارشی غائب رہے۔ شادی کے دن صبح کے وقت نکاح کی وکالت کرنے آئے۔ میں سب میں گھری بیٹھی تھی۔ کیسے ان سے باتیں کرتی۔ میرا جی بہت چاہا کہ ہاتھ پکڑ کر بٹھالوں۔ ان کی گود میں سر رکھ دوں اور پوچھوں کہ اتنا منانے کے باوجود تم روٹھے ہی رہے۔ آخر کیوں؟ مگر میں گھونگھٹ کی اوٹ میں روتی رہی۔ وہ چل دیے۔ شام تک میں نے آواز تک نہ سنی ان کی۔ سبھوں نے میری مانگ میں صندل لگایا۔ مجھے دعائیں دیں۔ مگر ارشی کہاں ہیں؟

جلوہ ہوا۔ رسمیں ہوئیں۔ فقرے کسے گئے۔ قہقہے لگے۔ میری صورت دیکھ کر جواد آرسی مصحف کے وقت شرارت سے گنگنائے۔ عارض چہ عارض، گیسو چہ گیسو، صبح چہ صبح، شامے چہ شامے" مگر ارشی کے داد دینے کی آواز نہ آئی۔ میرے گال میں کم از کم چٹکی تو بھر لیتے۔ ایک بال ہی نوچ لیتے۔ کچھ تو کرتے ارشی۔ میرا دل عجیب سا ہونے لگا۔ میں پھوٹ پھوٹ کر رونے لگی۔ اتنا کہ مجھے ہوش نہ رہا۔ مجھے ایسے لگا جیسے ارشی نے اب مجھے چھوڑ دیا۔ ان کے بغیر میں کیسے رہوں گی۔ کیا اب وہ محبت، وہ بے جھجک مذاق، وہ پیار بھری جھڑکیاں، وہ حکم، وہ احکام، سب سے محروم ہو گئی۔ یہ ظلم ہے۔ میرا دل پھٹنے لگا۔ ارشی تم ادھر تو دیکھو تم کہاں ہو؟ تم کہاں ہو ارشی؟

جب بی اماں نے مجھے گلے لگایا اور سہاگ کی دعائیں دیں تو میں اور زیادہ مچل گئی۔ جس کی دعاؤں کی میں منتظر تھی وہ کہاں ہے؟ میں نے بی اماں سے دبے دبے پوچھا" ارشی کہاں ہیں ملے بغیر نہ جاؤں گی۔ مجھے وہیں لے چلو" اور بی اماں کے سہارے جب میں نے چل کر گھونگھٹ سرکایا تو ارشی ستون کا سہارا لیے اداس کھڑے تھے۔ آج بھی چاند جھلمل جھلمل ہنس رہا تھا۔ میں نے ارشی کے سینے پر سر رکھ دیا جہاں پورے انیس سال

میں نے سر رکھ کر سکھ محسوس کیا تھا۔ میرے آنسو چپ چاپ بہنے لگے۔ میں نے دیکھا۔ اب بھی چپ ہیں۔ تو رو کر کہا "ارشی تم کچھ بولو۔۔۔۔۔"

ارشی نے چپ چاپ ایک بھٹکی ہوئی روح کی طرح جھک کر میری صورت دیکھی۔ میں نے ان آنکھوں میں اداسی دیکھی، تنہائی دیکھی گھبرائی، اکیلی روح شریر پتلیوں سے جھانک رہی تھیں۔ ساری شرارت آنکھوں میں سوگئی تھی جیسے ہونٹوں کے خم کانپ رہے تھے۔ کچھ لمحے وہ یونہی مجھے دیکھتے رہے۔ پھر سینے سے لگا کر میری مانگ چوم لی۔ دو آنسو میری مانگ میں ٹپکے۔ اور میرے سر کی افشاں میں جذب ہو کر میری پیشانی پر ڈھلک آئے۔ اور پھر خود میرے آنسوؤں میں مل گئے۔ میں نے سسکیاں بھریں۔ آج ارشی کا دل رک رک کر دھڑک رہا تھا۔ شاید ساری دھڑکنیں کم بخت میرے دل نے لے لی تھیں اور اس سے قبل کہ میں ارشی سے پوچھوں "ارشی میری جان"۔۔۔۔ جواد نے مجھے اپنی گود میں اٹھالیا۔ اور لے چلے۔

✼ ✼ ✼

ایک اور دلچسپ ناولٹ

فیصلہ

مصنفہ : عالم آرا

بین الاقوامی ایڈیشن منظر عام پر آ چکا ہے